Diese Gedichte wollen: gar nichts.

In *brandloch* huldigt der Autor Selbstzerstörung, Exzess und der Abwehrhaltung gegenüber der eigenen Vernunft. Ohne zu klagen beschreiben die ehrlichen Texte einen manischen Lebensstil, der anstrengend und traurig und doch gefüllt ist von kindlichem Witz. Mit einem hustenden Loblied auf Zigaretten bringt Koch den Anti-Style in die deutsche Lyrik.

Hubertus Koch, 1989 in Dorsten geboren, ist preisgekrönter Journalist und Filmemacher. Sein erster Gedichtband liest sich auch als Fortsetzung seines Debütfilms *Süchtig nach Jihad – der Film eines kleinen Jungen*. In absichtslosen Gedichten schwankt er zwischen Identitätsfragen, Sucht und dem verzweifelten Versuch, diese zu überwinden. Scheitern wird akzeptiert und der Grat zwischen Idealismus und Zynismus ist manchmal zu schmal, um ihn gehen zu können.

hubertus koch

brandloch

ausgebrannte gedichte

Trabanten Verlag Berlin

1. Auflage Dezember 2020

Veröffentlicht im Trabanten Verlag
Berlin, Dezember 2020

Illustrationen: Hubertus Koch
Umschlagkonzept: Kaja Helak, Carl Eidtmann
Printed in Germany
ISBN: 978-3-9822649-1-2

www.trabantenverlag.de

für alle
die mich nehmen
wie ich bin

ein brandloch ist das tor zur seele
und mein schmutz ist gut genug

VERSUCH I

ich will mich doch verarschen!
zu viele leere schachteln
superdumm
und eins ist auch klar
bin schwacher mensch
und starker raucher

sitz am schreibtisch
viel zu tun
ich huste wie ein hundesohn
zum kiosk
geh ich besser nicht
wozu denn auch?
ich rauche nicht

wobei
hier
zum bier
würd ich gerne eine paffen
et is wie et is
und wat willste machen?
also
haste noch ne kippe?
ach komm
gib die ganze schachtel!

achte auf dich
nimm dir zeit zum essen
kiffen löst keine probleme
doch ich hab jedes vergessen
dein gelaber nervt
und es sorgt dafür
ich roll
noch
mehr
gras
in das lange papier

lange her
dass meine hüfte
eine hose hält
dünner blonder junge
spuckt auf gottlose welt
müsste mal was essen
aber kann es einfach nicht
weil mir
jede
minute
nur noch
spei
übel
ist
rauch mir erstmal eine
niere schmerzt
leber drückt
hals kratzt
magen zwickt
fühlt sich heute an als ob
morgen
alles schon zu ende ist
arbeit macht so müde
es ist noch nicht mal acht
die gedanken sind nicht frei
die verträge sind gemacht

trink bitte weniger
hör auf zu kiffen
führ ne beziehung
und rauch keine kippen
fahr mal in urlaub
das wäre echt besser
jaja veve
halt deine fresse!

was ist schlimmer
vertrags- oder wortbruch?
frage für einen ehemaligen freund

allein
sitz ich im hostel
und frag mich
was ist jetzt
als burnout therapie
pumpe ich
alte bushido tapes
montag bis freitag
am wochenende auch
heute weiß ich
meine psyche
hält sowas nicht aus

die strohfeuer in moria
erleuchtung in der nacht
für einen kurzen funkenflug
hab ich daran gedacht
wie gut's mir geht
denn gott sei dank
ist mein haus
ja nicht
abgebrannt!

das thema bringt ins bett
mein trauma führt den traum
wir waren mittendrin
die anderen gucken drauf
auf demos nur beleidigt
von mächtigen verklagt
geschlagen und gefoltert
james foley
in syrien umgebracht
entlarven propaganda
berufung leicht
das leben schwer
denn echte journalisten
machen keine pr

seit jahren süchtig
nach irgendwas
sogar
süchtig nach jihad

VERSUCH II

kann nicht essen
gertenschlank
bin kurzatmig
und hustenkrank
er macht mich arm
der teure stuss
zigaretten
meine sucht
schreit so laut
komm schon
kauf!
ey
halt dein maul
ich hör jetzt auf!

zwölf jahre lang
dem schund verfallen
gauloise rot
das war einmal
sogar geschenkt
ich werf sie weg
die lucky strike
und camel gelb

im kiosk drin
mit sehr viel lust
frag ich nach den chupa chups
der mann
nickt ernst
er weiß bescheid
das methadon
ist nicht sehr weit
mehr als süß
sie sind symbol
ich rauch nicht mehr
das weiß er wohl
fünfzig cent
kassiert er ab
und gibt mir mit
bruder
bleib stark!

schlechte laune
weisse wat dat heisst?
ich ficke dich
und deinen
beauty
gefilterten
#feelgood scheiß
gefühllos und kalt
kickdown im auto
überhöhte geschwindigkeit
vollgas auf der brücke
vor dem steintor ein drift
rechts überholt
ich werd niemals erwischt
100 statt 50
fahr ne daumenbreite auf
parke auf behindert
steig dann aus
und geh raus
alles gut muss bei dir
fuck it
hauptsache rausch!
fang mit allem wieder an
und hör nie wieder auf!
doch sie labern mich voll
dicker
all diese komischen
pack meine jacke
und mach straight
einen polnischen

ich bin nicht arrogant
bin manisch depressiv
auf jedes hoch
folgt garantiert ein tief

für hundert stunden
rauchfrei
feiert mich die app
dass ich hundertfach
betrogen hab
hat sie noch nicht gecheckt

Scheiße!

hallo maxiiii
das mit dem laptop war scheiße
zweitausend zehn
das kreuz aus taizé
und heute
bin ich vollgespritzt
mit negativität

innerlich kaputt
ghetto in mir drin
nirgendwo zuhause
vagabund und
scheidungskind

auf die straße im iran
weil sich's
leben
keiner leisten kann
statt faul im bett
ein stein
protest
das government
sperrt internet
die platte alt
ich kenn den song
aus dem sudan
und libanon
ach
wie gut
dass ich noch weiß
sind meine sorgen
kinderscheiß!

frisch aus'm
mister wash
die karre
sie glänzt
canyonroter dreier
kein mercedes benz
sechzig liter erdöl
blubbern in den tank
genieße
mein leben
im schmutzigen
wohlstand

VERSUCH III

im café
muss ich rauchen
beim saufen
muss ich rauchen
nach dem ficken
muss ich rauchen
doch das rauchen
will ich nicht mehr
brauchen!

kau den stiel
vom lolli fest
weil er mich dann
nicht rauchen lässt

scheiß auf lolli
ich will stäbchen
mit nikotin
und mehr zusätzen
bier dabei
der schnaps macht dicht
wer kein maß kennt
lebt wie ich

der rückfall
zog
ganz still und leise
durch die after party
seine kreise
im séparée
gleich an der bar
rauchte ich so
wunderbar!

drei mal
sagt man
ist bremer recht
drei päckchen warn‘s
man
ist mir schlecht
gesund und clean
ob ich das kann?
ist mir egal
und fang wieder an

die da draußen
beschwören das wir
in mir drinnen
vertrau ich keinem
nur der playstation vier
es war doch niemals anders
du machst dein ding
ich mach meins
wenn sich wege kreuzen
für ne stunde
oder zwei

grüne brille
mit ihr hab ich vorm leben schiss

VERSUCH IV

der kuss
ein atompilz
als ich ohne pille high bin
aus der bassbox
pöbelt greta
how dare you?
people are dying!

heute morgen
war‘s ganz verrückt
schlug die augen auf
und brauchte nichts
keinen joint
keine zigarette
in gedanken
beim mädchen
weil sie doch so nett ist

to share
a small blanket
with you
that is easy
saying
i like you
might be to cheesy
i lost a streetfight
but i am still a man
thank you for coming
we see us again?

der kaffee
am morgen
einst kummer
und sorgen
schön war's gewesen
dazu ein glimmstäbchen
hab's überwunden
und leb jetzt gesünder
ihretwegen
trink ich
ingwer

kaum sag ich
verliebt
so wird sie mich
verletzen
und kaum sagt sie
verliebt
so werd ich sie
verletzen
so ist liebe
nur ein chiffre
für
gleich werde ich
dein herz
zerfetzen!

manisch hoch
so gut gelaunt
denn nach dem tief
geht‘s steil bergauf

bin voll verkatert
war gestern in
dortmund
das in der kurve
ist richtiger
sport und
jeder der mir sagt
dass ich asozial bin
kriegt aufs maul!
auf dem zaun singt der king
gib dein seidenschal
und den klatschpappenschrott
doppelhalter
fadenkreuz
dietmar hopp
jeder der uns dumm kommt
schadet sich selbst
weil
in den nasen
meiner leute
steckt
sehr
sehr
viel geld
allesfahrer
auswärts
pyro im stadion
ultra auf koks
sag wer bist du schon?

ein molotow in hongkong
zwei schuss in teheran
drei fässer auf aleppo
vier zeilen ändern nichts daran

paar kippen geraucht
zum glück nur im traum
fühlte sich
echt scheiße an
bin gott sei dank
schnell aufgewacht

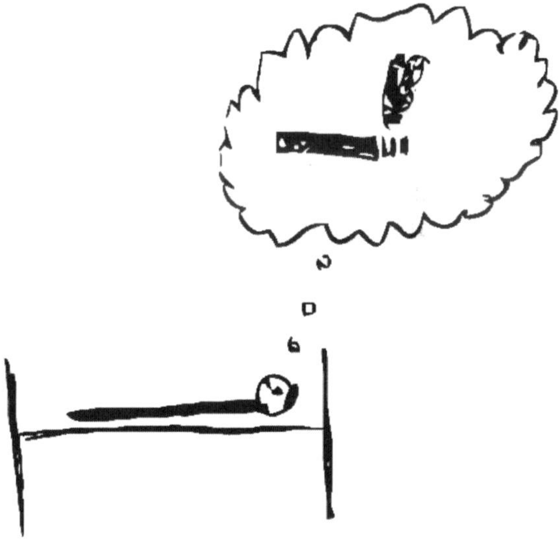

groß geworden
im schützengraben
kindheit voller dreck
als scheidungskind
hab ich mutter
und vater
komplex

bisschen schiller gelesen
zu oft fight club geguckt
sei kind deines jahrtausends
aber nicht sein produkt

seh den jogger hasten
er läuft nen schnellen schuh
contenance
mein lieber freund
der da vorn
das bist nicht du!
laufengehen
du lahmer hund
erscheint dir übertrieben?
dann darf das
nicht mehr rauchen
dir heute gern
genügen!

die sucht
wiegt schwer
in meiner hand
das wurmloch
nennt sich instagram
die bildschirmzeit
sag ich dir nicht
bin lieber raus
und lösch das jetzt!

post aufmachen
gibt schöneres
am abend zu schaffen
der brief schlägt ein
die not bricht aus
mein Tipp an dich
mach post nicht auf!

i had a dream
and in my sleep
it seemed
we're all living equally
all brothers
all sisters
were
loved
honored
and free
i woke up
cuz' there killed a knee
far away
a random white guy
was just
dreaming a dream
because the black man
sir
he can't breathe

weltschmerz wächst
macht mich härter
geistiger mentor
goethes werther

baby
du fehlst mir
in coronazeit
dein kreischen
dein weinen
mit dir war ich mensch
mit dir durft ich's sein
ohne dich nur zuhause
fahre nirgendwo hin
kein weg
keine straße
die ich nicht schon kenn
leidend allein
denke schmachtend zurück
dein geruch
deine drifts
mein quell ewigen glücks
liebte keine wie dich
auf die anderen scheiß ich
vermiss dich so sehr
mein e36

dienstag
vierzehn
uhr dreißig
aufstehen
treppe hoch
so eine scheiße
abwasch
türmt sich
meterhoch
gar
kein
bock
kopf dröhnt
immer noch
alter
erstmal kaffee
gasherd
kippe an
danach duschen gehen
okay
sechzehn
uhr dreißig
sitze unverändert
im bademantel
am schreibtisch
was wollte ich nochmal
machen?
achja
erstmal einen drehen

ich
bin einsam
weil ich kiffe
und
ich kiffe
weil ich einsam
bin

das methadon
es duftet
das cbd
es kratzt
das kastrierte kiffen
hat mir keinen
spaß gemacht
pur gerollt
ich zog's tief ein
übermannte mich
der hustenreiz
ich dummer tropf
brauch einen vaper
wollt ja nicht hören
ich gequälter
auf bonez mc
der dichtend sagt
weniger schadstoffe
und einfach mehr geschmack

drei monate
kein cannabis
oh welch erfolg
nur wär da nicht
der große durst
mein tiefer schlund
verdammte
suchtverlagerung!

drei wochen lang
keinen einzigen schluck
ich hab sport gemacht
und den tatort geguckt
wäsche gewaschen
bude aufgeräumt
und im bürgerlichen leben
nicht einmal gefreut
also scheiß drauf!
flaschen aufn tisch!
wodka
bier
und korn
aber ich zahle gar nix!
saufen
mit irgendwelchen leuten
flirten mit bräuten
und nix mehr bereuen
trink mehr bier
als du wasser
bin ein richtiger mann
melancholisch
verheult
ruf ich die exfreundin an
hoffnung und sehnsucht
spür sie so stark
doch lass zukunft
nicht zu
also her mit dem schnaps!

gefühllos schön
gefangen sein
swipe right
swipe left
swipe left
swipe right
ohne handschrift
neuer knastbrief
kaum gelesen
weggescrollt
durch gitterstäbe
tief im verlies
gibt‘s dopamin
das nächste match
gefühllos schön

ich liebe alle frauen
egal welcher gestalt
man kann nudeln machen warm
man kann nudeln machen kalt

in der kurve
gestanden
nicht eine geraucht
am eck
schwach geworden
hab doch eine gebraucht
heute straft mich der husten
aber ist mir egal
DER FC SCHALKE!
WIRD DEUTSCHER MEISTER!
UND WIR HOLEN DEN
POOKAAAAAL!
LA LA LA LALA
LA LA LA LALA
LA LA LAAAA
LA LA LAAAA
LA LA LAAAA LAAA LAAAA

SCHALKE!
SCHALKE!
SCHALKE!

„VERSUCH“ V

bin geheilt
meine essstörung
heißt jetzt intervallfasten

ich bin süchtig
süchtiger als süchtig
ich weiß
der scheiß verändert
doch er chillt mich
ich rauch doch nur joints
nicht mal ne bong
mein zweiter vorname
abwehrhaltung

twittern
bis die server
glühen
likes
und shares
und follower
ich schreibe
ein gedicht
und du
bleibst
ein opfer

muss mal ehrlich
in mich reinhören
und mit aufhören
endlich aufhören!

Ich hör auf!

in meiner lidl-jogginghose
ist ein brandloch drin
in meiner schalke-trainingsjacke
ist ein brandloch drin
in meinem rechten lungenflügel
ist ein brandloch drin
ich glaub in meiner seele
ist ein brandloch drin

okbisdanntschüss